Un día
en la
selva

PANAMERICANA
EDITORIAL

En la selva, los árboles llegan a ser altos y gruesos gracias a las lluvias frecuentes. Sus hojas forman una exuberante cúpula verde en medio de la naturaleza.

Mientras el sol recorre el firmamento, los animales se mantienen ocupados durante el día. Busca en las copas de los árboles al surili de bandas. Escudriña a través de un laberinto de ramas y encuentra a la pantera nebulosa. Sumérgete en las aguas de un arroyo sinuoso para ver a la tortuga batagur.

De la mañana a la noche hay mucho por descubrir.

Contenido

Los gibones de Müller
se llaman entre sí
en el dosel. Su ruidoso
canto comienza antes de que
salga el sol, anunciando
el nuevo día.

Un gibón de Müller
macho canta
antes de que el sol
brille.

Joc-joc, canta
el cálao
rinoceronte.

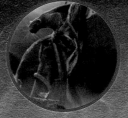

En lo alto de los
árboles, una ardilla
gigante deja su
nido para buscar
el desayuno.

Un gimnocéfalo
se posa en una
rama.

Encuentra
El insecto palo gigante se confunde
con su entorno imitando a un pequeño
palo o rama.
¿Puedes encontrarlo?

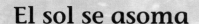

El sol se asoma
en el horizonte. Sus rayos
pintan el cielo. La luz de la
mañana aumenta a medida
que la selva estalla de vida.

Las manchas le ayudan a la pantera nebulosa a ocultarse entre los árboles.

La serpiente de Kopstein se desliza a lo largo de una rama.

Un tarsero somnoliento descansa después de una larga noche de caza.

El picaflor de anteojos come bayas.

El agua serpentea
entre los árboles,
golpeando las orillas del
arroyo, iluminado por el sol.
Los animales nadan
y chapotean.

Las pezuñas del búfalo de agua están diseñadas para evitar que se hunda en el lodo.

¡Pip-pip!, gorjea la urraca verde.

El pato aguja planea sobre el río.

Los varanos acuáticos se mueven veloces en busca de presas.

En las aguas
llenas de actividad,
criaturas con caparazón
y rayas bucean entre las
plantas que se mecen.

Las patas
palmeadas de la
tortuga batagur
le ayudan a
desplazarse.

Cuando se asusta,
el pez beta abre
sus branquias.

El bagre rayado
asiático reposa en
el lecho rocoso
del río.

Un camarón
de agua dulce
consigue su
alimento en
la corriente.

Encuentra
Inmóvil entre las plantas acuáticas,
un pez hoja espera a que su próxima
comida pase nadando cerca.
¿Puedes encontrarlo?

El tigre de Sumatra se mueve sigilosamente a través de la espesa selva.

El pangolín, cubierto de escamas, descansa en un árbol. Más tarde atrapará sabrosas termitas.

Un faisán de Bulwer macho exhibe las plumas blancas de su cola.

Una mariposa atlas se posa sobre una hoja.

A medida que el sol
alcanza su punto más
alto en el cielo, las criaturas
buscan refugiarse del calor.
Los animales
se mantienen frescos
en el sotobosque.

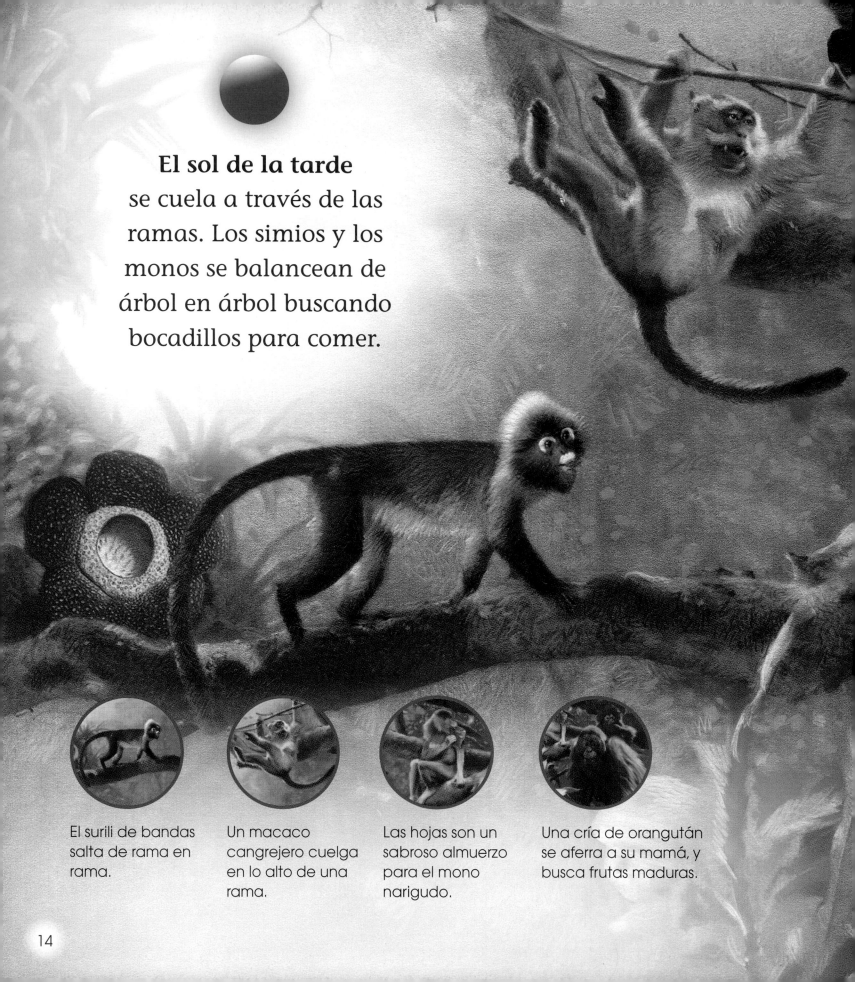

El sol de la tarde se cuela a través de las ramas. Los simios y los monos se balancean de árbol en árbol buscando bocadillos para comer.

El surili de bandas salta de rama en rama.

Un macaco cangrejero cuelga en lo alto de una rama.

Las hojas son un sabroso almuerzo para el mono narigudo.

Una cría de orangután se aferra a su mamá, y busca frutas maduras.

Nubes negras
se forman en el cielo.
Algunos animales se
acomodan para tomar
una siesta con el aire
pesado y húmedo
de la tarde.

Un oso malayo toma una siesta sobre la rama de un árbol.

Un pájaro del sol revolotea sobre una calliandra roja.

El búho pescador malayo vuela en la noche.

Un loris perezoso descansa en la rama de un árbol.

El sol se oculta
detrás de las nubes.
En lo profundo de la selva,
algunos animales se refugian
del ruidoso aguacero.

Una cría de elefante pigmeo se acurruca junto a su mamá para permanecer seca.

Irenas azules miran la lluvia con sus brillantes ojos rojos.

Desde una rama húmeda, la marta de garganta amarilla busca su comida.

Una rana arborícola nada en una pequeña charca mientras la lluvia cae en su escondite.

De repente,
la lluvia cesa. A través
de la niebla se ven las
hojas que gotean y las ramas
empapadas. Los animales
salen de sus refugios.

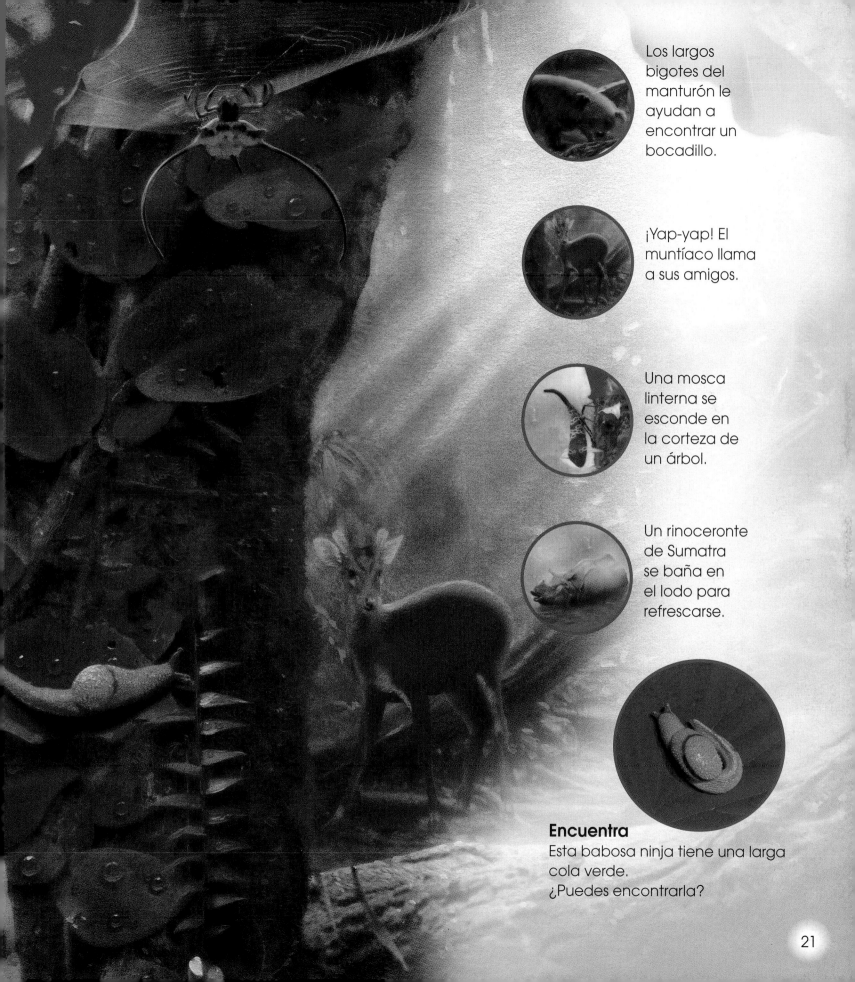

Los largos bigotes del manturón le ayudan a encontrar un bocadillo.

¡Yap-yap! El muntíaco llama a sus amigos.

Una mosca linterna se esconde en la corteza de un árbol.

Un rinoceronte de Sumatra se baña en el lodo para refrescarse.

Encuentra
Esta babosa ninja tiene una larga cola verde.
¿Puedes encontrarla?

El sol se oculta detrás
de las copas de los árboles.
Grandes sombras cubren
la selva y las aves,
agotadas, se posan
en los árboles.

Después de cazar todo el día, los alciones malayos están listos para descansar.

El jabalí barbudo mastica los rambutanes que están en el suelo.

Este tapir bebe agua del río.

Un lagarto de cabeza angulosa de Borneo descansa sobre el tronco de un árbol.

En el **suelo** de la
selva, las luciérnagas
iluminan el camino
y los animales nocturnos
saltan y planean. Es
de noche en la selva.

Una ardilla voladora planea hacia un arbusto cargado de bayas.

Después de comer unas hojas, el colugo desciende planeando entre los árboles.

El geco volador salta para huir de un depredador.

Una rana voladora de Wallace desciende saltando desde el dosel, en donde pasa mucho tiempo.

Encuentra
El peludo zorro volador sale en la noche para beber néctar de una flor de durián.
¿Puedes encontrarlo?

Una mirada a Sumatra y Borneo

Las selvas tropicales de las islas de Sumatra y Borneo son hábitats asombrosos y el hogar de cientos de animales y plantas, que solo viven allí.

La selva tropical de Borneo es la más antigua del mundo.

EUROPA

ASIA

ÁFRICA

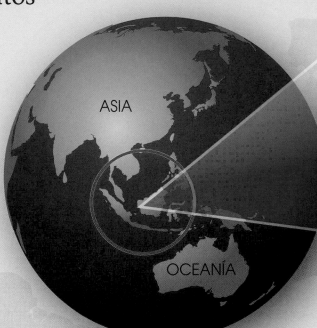

ASIA

OCEANÍA

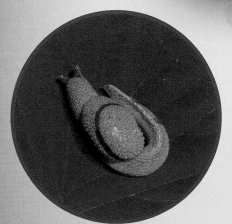

La babosa ninja fue descubierta por los científicos recientemente.

Alrededor de 50 000 orangutanes viven en las selvas de Sumatra y Borneo.

La serpiente de Kopstein también es conocida como serpiente de cuello rojo. ¿Adivina por qué?

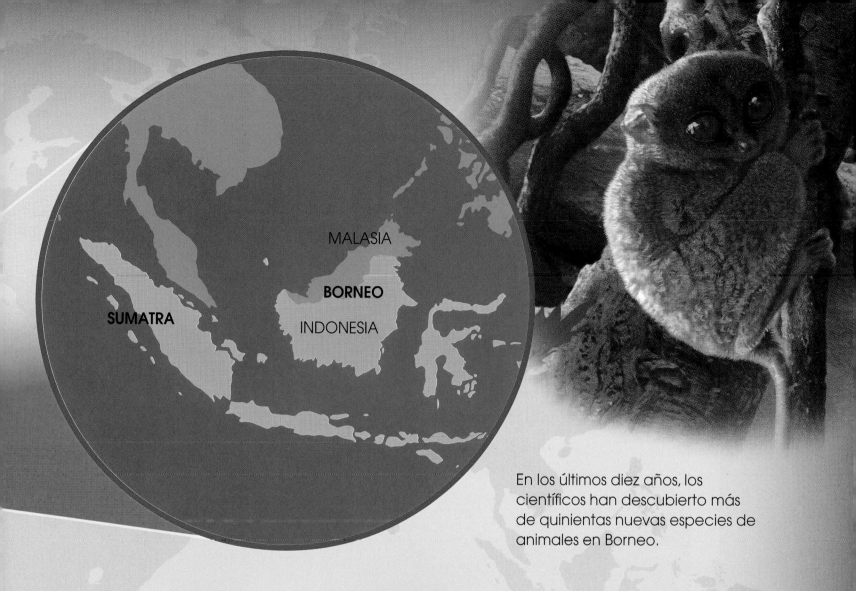

MALASIA

BORNEO

SUMATRA

INDONESIA

En los últimos diez años, los científicos han descubierto más de quinientas nuevas especies de animales en Borneo.

El tigre de Sumatra es la especie de tigre más pequeña del mundo.

Los manturones liberan un olor para espantar a los depredadores. ¡Huele parecido a las palomitas de maíz!

A diferencia de la mayoría de los rinocerontes, el de Sumatra tiene pelo. Ayuda a que el lodo se adhiera a su piel y así se mantiene fresco.

Más de cerca

Acertijo en la selva

Trata de identificar a qué
animal pertence cada imagen.

1.

2.

3.

4.

5.

6.

7.

A. Pez beta
B. Pantera nebulosa
C. Faisán de Bulwer
D. Mariposa atlas
E. Cálao rinoceronte
F. Bagre rayado asiático
G. Tortuga batagur

Respuestas: 1-E, 2-C, 3-G, 4-B, 5-A, 6-F, 7-D.

Detectives científicos

Los científicos siguen descubriendo nuevas especies de plantas y animales en la selva tropical. ¡Revisa de nuevo el libro para ver si puedes descubrir estas increíbles especies!

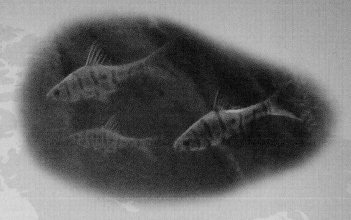

Pez lengüeta de ocho bandas

Milpiés gigante

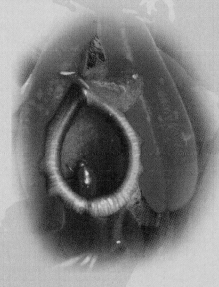

Planta jarra carnívora con escarabajo

Escarabajo rinoceronte

Locha de torrente

Araña tejedora espinosa de Borneo

Glosario

Branquias
Órgano o parte del cuerpo de un pez, que le permite respirar bajo el agua.

Dosel
Segundo estrato más alto de la selva tropical, puede estar a más de 30 m del suelo. Muchos animales viven en las ramas y las hojas de este estrato.

Hábitat
Lugar en el que naturalmente vive y se desarrolla un animal o una planta.

Depredador
Animal que mata y come otros animales.

Especie
Grupo de seres vivos emparentados que pueden reproducirse entre sí y generar descendencia.

Nocturno
Activo de noche.

Presa
Animal que es cazado por otro y que le sirve de alimento.

Selva
Densa maraña de árboles y plantas.

Selva tropical
Selva densa que se encuentra en zonas tropicales y donde llueve todo el año.

Sigiloso
Que se mueve y se comporta de una manera específica para no ser visto ni oído.

Sotobosque
Estrato de la selva tropical al que no llega mucha luz. Algunos animales viven allí, pero pocas plantas pueden crecer en este estrato.

Índice

Para Kristoffer y Leo. Ustedes son los monos. – JRD

Acerca de la autora

Un día en la vida de **Joanne Ruelos Diaz** *incluye levantarse antes de que salga el sol, escribir sobre cualquier cosa, pasando por animales, trenes, hasta princesas y hadas; y juguetear con su pequeño hijo. Vive en Brooklyn, Nueva York, con su esposo y su hijo.*

Acerca del ilustrador

Un día en la vida de **Simon Mendez** *incluye ser despertado a sacudones por sus hijos, dibujar y colorear todo lo que se le ocurra mientras lidia con su familia, tratar de evitar los correos electrónicos, las llamadas telefónicas y la vida real, para luego encontrar —con suerte— su cama antes de que el sol salga o los niños se levanten. Vive en una pequeña ciudad en el norte de Inglaterra con su esposa, sus gemelos y su perro Dill.*

Ruelos Diaz, Joanne
    Un día en la selva / Joanne Ruelos Diaz ; ilustrador Simon Mendez ; traductora Andrea Moure. -- Editora Diana López de Mesa O. -- Bogotá : Panamericana Editorial, 2014.
    32 p. : il. ; 26 cm.
    Incluye índice analítico.
    Título original : *One day in the jungle*.
    ISBN 978-958-766-416-4
    1. Selva lluviosa - Literatura juvenil 2. Vida en la selva - Literatura juvenil 3. Fauna de selva lluviosa - Literatura juvenil 4. Diversidad biológica - Literatura juvenil I. Mendez, Simon, il. II. Moure, Andrea, tr. III. López de Mesa O., Diana, ed. IV. Tít.
    333.75 cd 21 ed.
    A1435208

        CEP-Banco de la República-Biblioteca Luis Ángel Arango

Primera edición en Panamericana Editorial Ltda., 2014
Título original: *One Day in the Jungle*
© 2014 Red Lemon Press Limited
© 2014 Joanne Ruelos Diaz
© 2014 Panamericana Editorial Ltda.
Calle 12 No. 34-30, Tel.: (57 1) 3649000
Fax: (57 1) 2373805
www.panamericanaeditorial.com
Bogotá D. C., Colombia

Editor
Panamericana Editorial Ltda.
Edición
Diana López de Mesa O.
Ilustraciones
Simon Mendez
Traducción del inglés
Andrea Moure
Diagramación
La Piragua Editores

ISBN 978-958-766-416-4

Impreso en China - *Printed in China*